AF331604

L'ARCHEVÊQUE DE PARIS

ACCUSÉ D'ASSASSINAT

SUR LA PERSONNE

DE

SOEUR VÉRONIQUE,

PHARMACIENNE DE SAINT-CYR.

PRIX : 30 CENTIMES.

PARIS.

CHEZ LES MARCHANDS DE NOUVEAUTÉS.

1830.

L'ARCHEVÊQUE DE PARIS

ACCUSÉ D'ASSASSINAT

SUR LA PERSONNE

DE

SOEUR VÉRONIQUE,

PHARMACIENNE DE SAINT-CYR.

œœœœœœœœœœœœœœœœœœœœœœœœœœœœœœœ

MONSEIGNEUR,

Ne vous alarmez pas, si une de vos victimes sort de son tombeau pour vous accuser. Rappelez-vous la malheureuse Véronique dont vous tourmentâtes l'existence. Elle m'a légué le soin de la venger ; j'acquitterai cette obligation avec modération, car si je disais tout, où vous cacheriez-vous, Monseigneur ?

Cependant, puisqu'au lieu d'aller à Rome demander au Saint-Père l'absolution de vos forfaits, vous osez reparaître parmi nous, couvert de notre sang et gorgé de nos richesses, je vous arracherai sans pitié le masque dont se couvre votre jésuitique figure !

Souvenez-vous que plus la sainteté du sacerdoce impose de devoirs, plus l'homme qui est revêtu de ce caractère doit avoir de modération et de retenue dans ses actions privées et publiques ; mais songeâtes-vous jamais à remplir les devoirs attachés au ministère dont vous êtes revêtu ? Non, vous pensâtes seulement à satisfaire vos goûts désordonnés ; les passions, qui aviliraient l'homme privé, ne sont pour vous que de légères pécadilles ; nul prêtre ne le fut moins que vous ; aussi, vos excommunications ne m'effrayeront pas, car elles ne peuvent pas plus atteindre l'homme de bien, que si Satan venait sur cette terre excommunier le genre humain.

Souvenez-vous aussi que, pour n'avoir pas à encourir le blâme, la vie d'un homme d'église doit être pure ; car tôt ou tard, l'heure de la rétribution arrive pour le méchant, et tout le luxe et le pouvoir qui vous entourent, ne pourront empêcher la vérité d'apparaître en tout son jour.

Les grandes chutes qui viennent de s'opérer, ne seraient pas arrivées, sans vos pernicieux conseils et ceux de vos perfides acolytes. Croyez-vous que les propos incendiaires que vous teniez chez le duc de D**, chez la marquise de N**, chez le comte de L.... F...., sont restés secrets? Éminence, prenez garde que vos censures ne fassent pas enfanter à ma plume un second petit volume.

Sachez bien que pour des hommes qui, comme vous, n'arrivent au pouvoir que par les basses intrigues des salons, les murs ont des yeux et des oreilles.

Sans mérite personnel, vous avez su vous élever, digne émule du cardinal Dubois; qui ne sait que, comme lui, vous eussiez tendu le derrière pour recevoir le coup de pied qui lui valut le chapeau de cardinal, dont parlait si gaîment le régent.

Mais, comme dans le siècle des lumières, on est bon, patient et poli, qu'on ne donne plus de coups de pied aux excellences mitrées ou non mitrées, vous avez obtenu tous ce que vous avez voulu, à l'aide de quelques courbettes dont vous ne fûtes jamais avare envers les puissans de la terre. Serviteur des serviteurs de Dieu, vos saintes mains couvertes de brillans et de saphirs, caressaient, plutôt qu'elles ne frappaient les roses délicates, dont la feuille purpurine colorait les joues de nos jeunes vierges, lorsqu'elles avaient l'inappréciable bonheur d'être confirmées par vous.

Aimable sybarite, vos voyages en Italie vous ont rendu la fleur des abbés de cour; il est vrai que lorsqu'on chemine sur les ailes de Mercure, on ne peut manquer d'acquérir cette légèreté admirable qui caractérise vos actions et dont vous preniez d'ailleurs quelques pénétrantes leçons dans les coulisses de l'Opéra.

Jusque là, il n'y aurait pas grand mal si vous n'étiez pas prêtre, et on vous eût même caché par charité chrétienne, et pour ne pas scandaliser le prochain; *si vous n'êtes pas jésuite,* et de plus, cruel et traître envers votre patrie, dont vous avez reçu de si nombreux bienfaits.

Il est vrai que l'on doit vous rendre la justice de dire que vous fûtes toujours traître envers vos bienfaiteurs; Bonaparte ne fut-il pas votre premier protecteur, n'était-ce pas lui qui avait généreusement commencé votre fortune, en vous nommant aumônier à Saint-Cyr; comment vous conduisîtes-vous, lorsque l'homme des destins perdit sa puissance? Vous courûtes de corridor en corridor, pour briser ses bustes et en jeter les morceaux dans un lieu impur, où vous êtes bien plus digne d'être précipité que ses immortelles images. Aussi lâche que vous êtes perfide, vous vous cachâtes à son retour; étiez-vous digne de son courroux? une si grande âme se serait-elle abaissée jusqu'à tirer vengeance de vos mépris? Vous étiez pour lui l'atôme, la poussière, qui se lèvent lorsqu'on agite le balai devant un rayon de soleil.

Heureux martyr de la sainte cause, vous aviez compté sur votre future canonisation; quel malheur! vous ne serez pas canonisé; mais, attendez cependant, si vous voulez aller vous faire pendre en Espagne, pays où on a établi de si belles potences pour les libéraux. Ceux-ci, qui finiront par être les plus forts, vous rendront peut-être le service d'accomplir vos saints désirs, votre juste ambition; allez Éminence, allez en ce pays de Cocagne, vous y trouverez tout ce qu'il faut, pour qu'il ne vous reste plus aucun vœu à faire.

Quant à nous, Dieu merci, notre éducation est faite, et, malgré les éteignoirs dont vous avez voulu nous entourer, nous ne pendons plus personne; mais aussi, par une juste compensation, nous démasquons les hypocrites.

Maintenant je vais m'occuper de quelques antécédens qui furent les précurseurs de votre puissance, puissance dont vous ne vous êtes servi que pour vous enrichir aux dépens des âmes timorées, et pour remplir les sacristies de jeunes jésuites italiens, aussi peu instruits que dangereux fanatiques, combien ce désordre, cette véritable lèpre que vous introduisiez partout n'a-t-elle pas fait gémir notre bon et respectable clergé gallican.

Il fallait plier sous les ordres saintement impératifs de

votre Éminence. Ainsi, dans les campagnes, vous arrachiez le vieux pasteur à son troupeau, et vous le remplaciez par un jeune loup avide, intolérant et cruel, qui dévorait ses brebis, au lieu de les laisser paître au sein de leurs prairies riantes et fleuries.

Votre main de fer s'est appesantie, étendue comme un crêpe funéraire, sur tout ce qui n'était pas jésuite et archipapal; et vos missionnaires, vrais janissaires de votre Éminence, quel trouble scandaleux n'ont-il pas porté dans les familles. Mais nous y reviendrons, maintenant parlons d'une de vos plus déplorables victimes, elle me fut particulièrement connue. Il vous sera donc bien impossible de nier les persécutions que vous fîtes subir à cette infortunée, qui n'eût jamais d'autres torts envers vous, que de vous avoir reproché avec trop de franchise vos débordemens avec madame de C....

Histoire de Sœur Véronique, pharmacienne à Saint-Cyr.

Véronique était bordelaise; sa famille nombreuse et peu riche, fournit plusieurs sujets très-recommandables qui avaient embrassé le sacerdoce.

L'oncle de sœur Véronique, le célèbre général des Trapistes, fit entrer Véronique dans un couvent de son ordre, dans les environs de Bordeaux. Cette sœur, vive, spirituelle, fit des études profondes en botanique; elle se livra avec une ardeur infatigable à l'art de guérir les malades par le moyen des simples; dont elle faisait des préparations merveilleuses; c'est à elle que je dois plusieurs secrets, que j'eusse publié pour le soulagement de l'humanité souffrante, si messieurs de la pharmacie, aussi exclusifs que les jésuites, n'empêchaient pas les remèdes les plus innocens d'être donnés gratuitement aux infortunés.

La révolution de 89 mit cette infortunée hors de son couvent. Elle erra long-temps dans les montagnes de l'Helvétie, vivant chez de pauvres pâtres, portant des consolations dans les plus malheureux hameaux, et se livrant de même que dans son cloître, à l'étude des simples. L'amour de la patrie la ramena aussitôt que les émigrés furent rentrés, elle vécut encore quelque temps avec de saintes filles qui se livraient aux soins des malades dans les hôpitaux. Enfin ses talens la firent admettre à Saint-Cyr en qualité de pharmacienne; toujours à l'ouvrage, attentive et soigneuse pour ses malades, complaisante avec tout le monde, elle était chérie, et la supérieure lui montrait toute la confiance que sa rare intelligence et son exactitude à remplir ses devoirs lui méritaient; mais elle était trop spirituelle pour le cloître, et surtout pour le petit abbé de Quélen, à cette époque aumônier de Saint-Cyr. Notre maligne sœur s'étant aperçue qu'on lui enlevait de temps à autre les vins d'Alicante, les confitures, et le beau sucre réservés à ses malades ou à ses convalescens, guetta le voleur, et bientôt l'atrappa sur le fait. Ici s'éleva une vive altercation entre l'abbé et la pharmacienne. Celle-ci courut porter ses plaintes à la supérieure, qui répondit à Véronique que M. l'aumônier était le maître d'user de tout ce qui lui plaisait. — En ce cas, ma mère, répondit Véronique, pourquoi dérobe-t-il en secret? Vous savez, d'ailleurs, que tout est compté à la pharmacie; je dois être exacte à rendre mes comptes à la dépensière; si monsieur l'abbé veut faire le friand, qu'il achète de sa bourse; quant à moi, je ne rognerai rien sur les besoins de mes malades, pour satisfaire à sa gourmandise. La supérieure qui avait un grand faible pour le directeur de sa conscience et qui trouvait sans doute que monsieur l'abbé était moins sévère lorsqu'il avait fortifié son estomac, infligea une pénitence à Véronique; elle fut condamnée à aller pendant plusieurs jours faire des fagots de toutes les broussailles et abatis du jardin. La maligne sœur à laquelle une semblable pénitence déplaisait fort, d'autant plus qu'elle n'était point méritée, voyant que la supérieure se promenait dans une allée avec monsieur l'abbé, chargea sur son épaule le fagot de branches de rosier, et passa si rapidement à côté de la dame qu'une épine s'accrocha dans les plis de son voile qui se trouva entraîné, et avec lui la coiffure de la supérieure, qui laissa contempler à monsieur l'abbé la tête grisonnante de la chère et presque vénérable pénitente. Cependant Véronique feignit si bien d'être désespérée de sa maladresse, qu'elle en fut quitte pour un surcroît de quelques journées de ce pénible travail. On pense bien que Véronique gardait une dent à l'abbé. L'incontinence de celui-ci fournit bientôt un nouveau sujet de discorde. Une nuit, Véronique, forcée de ne point se coucher parce qu'elle était obligée de préparer des médicamens pour des malades attaqués de maladies graves, se promenait dans les intervalles de repos, dans les longs corridors du couvent, elle aperçut à l'une des extrémités une ombre qui se projetait à la faible clarté d'un réverbère presque éteint. Elle s'arrêta et vit que c'était monsieur l'abbé qui introduisait une clé dans la serrure d'une porte qu'elle connaissait parfaitement. Véronique avait eu envie de crier au voleur ! Mais la crainte du scandale la retint, elle en dit rien, mais se promit bien de prouver à l'abbé qu'elle le reconnaissait indigne du saint ministère dont il était chargé. Personne n'ignore que les supérieurs sont fort rigides dans les couvens, sur l'article de la confession et de la communion. Un mois se passa sans que Véronique se présentât au tribunal de la pénitence.

La supérieure fit appeler Véronique, et le dialogue qu'on va lire, s'établit entre ses deux dames.

La Supérieure. — Ma sœur, pourquoi n'allez-vous pas à confesse ?

Véronique. — Ma mère, parce que j'aime mieux ne pas me confesser, que de demander l'absolution à un homme qui est en état de péché mortel.

La Supérieure. — Qu'est-ce à dire, ma sœur ? et depuis quand prétendez-vous être le juge de l'état de la conscience de votre directeur ?

Véronique. — Depuis que j'ai vu et entendu, ma mère.....

La Supérieure. — Satan fait souvent voir et entendre ce qui n'existe pas, ma fille ; la haine vous aveugle contre notre saint abbé ; allez, je vous ordonne de vous mettre en retraite pendant trois jours, et d'appeler les lumières du Saint-Esprit ; alors vous serez assistée de votre ange gardien, et le démon ne viendra plus fasciner vos regards et votre ouïe.

Véronique. — Soyez persuadée, ma mère, que je ne suis point une visionnaire ; je n'ai non plus nulle haine contre l'abbé ; mais je mourrai plutôt sans confession que de me confesser à lui. Je vous prie, ma mère, de me permettre ou de faire appeler un ecclésiastique étranger à la maison ou de m'envoyer faire mes Pâques dans un autre couvent.

La Supérieure. — Je ne puis vous accorder ni l'une ni l'autre de vos demandes. Retirez-vous ; et si, dans trois jours, vous n'êtes pas décidée à obéir, je serai forcée de vous punir sévèrement pour vous apprendre à désobéir à vos supérieurs.

Véronique. — Ma mère, je vous obéirai en toutes choses ; mais ma conscience n'appartient qu'à Dieu, et je la croirais compromise en me confessant à cet impudique abbé.

La Supérieure, avec colère. — Retirez-vous, et ne paraissez jamais en ma présence. Je vous défends de sortir de votre chambre et de communiquer avec les sœurs et les pensionnaires, sans ma permission.

Véronique se retira le cœur déchiré ; car elle aimait sa supérieure, qui était au fond une très-excellente femme. Mais, subjuguée par son directeur, elle ne pouvait le croire coupable, et refusait obstinément à recevoir les lumières qu'elle eût pu acquérir, si elle avait voulu entendre l'explication franche des lumières qu'avait acquises la pharmacienne, sur la conduite déréglée de l'abbé, dans le couvent même.

Ne doit-on pas gémir, lorsqu'on pense que cet impudique directeur pouvait, pendant la nuit, s'introduire dans le bâtiment des dames surveillantes.

La pauvre Véronique, enfermée long-temps dans sa cellule, tomba malade ; elle écrivit plusieurs lettres à la Supérieure, tout fut inutile ; il est vrai qu'elle ne voulut jamais reprendre M. l'abbé pour son directeur, espérant que si elle venait à mourir sans confession, Dieu qui connaissait les intentions et la pureté de son cœur, la recevrait dans sa miséricorde.

Des vomissemens de sang qui devinrent effrayans firent craindre à la supérieure qu'elle ne décédât dans la maison, et comme M. l'abbé craignait que si elle mourait en cet état, on n'accusât tôt ou tard, soit lui ou la supérieure, et peut-être tous les deux, d'avoir à se reprocher la mort de Véronique, hors du sein de l'Église, ils résolurent de l'envoyer dans une autre communauté; de s'entendre avec la supérieure de ce couvent, et de faire passer la sœur Véronique pour folle, de sorte que personne ne chercha à communiquer avec elle.

La prieure du couvent où on l'envoya, femme ambitieuse, et qui avait pris pour modèle la fameuse dame de Mondonville, qui, sous Louis XIV fit tant de bruit avec l'abbé de Saint-Cyran, directeur des Dames de l'Enfance, dont elle était la supérieure, cette mère, dis-je, ambitieuse à l'excès, et qui était vouée de corps et d'âme au gens de cour, reçut avec reconnaissance les propositions de la doyenne de Saint-Cyr. La pauvre Véronique fut donc transportée au couvent de la Rochette, entre Melun et Villeneuve Saint-George, pauvre succursale de la congrégation dite de Saint-Joseph. Ma fille ayant dans son enfance reçu sa première éducation chez ces dames, me trouvant malade, je demandais à mon mari la permission d'aller passer quelques semaines avec ma fille dans cette communauté.

L'air vivifiant de la Rochette m'eût bientôt rendue à la santé; étant entrée un matin à la cuisine, j'aperçus une sœur qui faisait chauffer au fourneau quelque chose; son costume n'était pas celui de la communauté, et comme je suis femme, je suis curieuse, cette sœur silencieuse jeta sur moi, mais à la dérobée, un regard d'une expression douloureuse et extraordinaire; néanmoins voyant qu'elle ne parlait à personne, qu'elle s'était presque sauvée de la cuisine après s'être inclinée en passant devant moi, je me gardai d'interrompre son expressif silence, mais ma tête travaillait, ma pitié était émue; ce regard disait tant de choses, que je résolus de pénétrer le mystère qui enveloppait, ou paraissait envelopper la présence de cette religieuse étrangère à la maison.

J'étais très amie, très familière avec la supérieure, qui

n'osait garder avec moi cette gravité imposante dont elle usait si bien avec ses inférieures; le titre que je portais lui en imposait. Depuis la restauration, elle invitait même les nobles des environs, à venir au couvent pour y faire la conversation avec moi; et comme dans le royaume des aveugles, les borgnes sont les rois, malgré que je ne suis qu'une sotte, comme son Éminence le dira, et comme le lecteur le jugera, je n'en était pas moins à cette bienheureuse époque l'aigle du canton. Forte de ma suprématie, je ne craignais pas de hasarder les questions; aussi je demandais à la supérieure, quelle était la religieuse étrangère que j'avais vue à la cuisine; la bonne mère hésita un moment, et me répondit ensuite : c'est une pharmacienne de Saint-Cyr dont l'esprit est un peu aliéné, elle est ici pour prendre le bon air et recevoir les soins que son état exige. Je crois qu'on vous a trompée, ma mère; cette sœur a une expression de regard qui décèle une âme profondément ulcérée, mais nullement l'aliénation mentale qu'on lui suppose; où est sa chambre? je veux lui parler, j'adoucirai peut-être les chagrins qui l'obsèdent; gardez-vous bien, madame, répondit la religieuse, de parler à cette sœur, elle ne vous dirait que des bêtises, elle rentrerait dans ses accès de folie. Je m'aperçus de suite qu'il fallait feindre de croire au discours de la mère, bien résolue, à part moi, de découvrir la vérité, malgré la répugnance de la supérieure à me la laisser pénétrer.

Je me levais chaque jour de fort bonne heure, et je me plaçais de manière à remarquer toutes les personnes qui entraient dans la cuisine; je ne sais quel attrait m'entraînait vers cette pauvre sœur, mais cet attrait était invincible. Je me précipitai donc en disant : « Bonjour, ma sœur. » Elle se retourna, son visage se colora fortement; elle me regarda et me répondit : « Bonjour, madame, avec un ton qui vibra jusqu'au fond de mon cœur. — Vous êtes du midi, ma sœur? — Oui, madame. — De quelle ville? — De Bordeaux, madame. — Tant mieux, ma sœur : je suis née au Chartron; je suis votre compatriote. Votre nom de famille, s'il n'y a pas d'indiscrétion à vous le demander? — Je m'appelle Gastheroi. — Oh! mon Dieu, ma sœur, ma nourrice s'appelait de

même ; son mari était maître d'échecs à Bordeaux. — Mais
alors, madame, c'est ma sœur qui vous a nourrie ; elle avait
dix-sept ans plus que moi. — J'embrassais cette pauvre sœur
avec autant de plaisir que si j'eusse rencontré ma bonne
nourrice ; je vis très-bien aussi que la respectable sœur était
pleine de sens et d'instruction : je proclamai tout haut que je
la tenais aussi sensée que qui que ce fût, et tous les jours
nous déjeunions ensemble dans ma chambre, et nous allions
nous promener et herboriser ; je lui dois plusieurs décou-
vertes utiles dont j'ai usé depuis lors avec succès pour soula-
ger les malheureux des quartiers dans lesquels j'ai résidé.
Mais la pharmacie m'a fait un procès que j'ai gagné, parce
qu'il a été prouvé que j'avais donné mes remèdes et guéri les
brûlures et meurtrissures des infortunés sans rétribution au-
cune.

Mais revenons à la bonne sœur Véronique, en mémoire de
laquelle j'ai pris la plume. Cette bonne sœur, reconnue enfin
pour jouir de toute la plénitude de sa raison, mais à laquelle
je recommandais bien de ne répéter à personne toutes les
confidences qu'elle m'avait faites sur M. de Quélen, eut
bientôt la direction de la pharmacie, et je lui ai vu guérir le
bras d'un homme qu'il aurait fallu amputer sans ses soins.
Elle guérit aussi sous mes yeux plusieurs malheureux que la
piété bienfaisante des sœurs attirait dans le parloir du couvent. Je quittai le couvent, mais l'année d'ensuite j'y revins
dans la belle saison avec ma fille, qui se plaisait avec ses
compagnes d'enfance ; mais c'était à Villeneuve Saint-Georges
qu'on avait transporté le matériel de la Rochette ; j'étais sûre
de trouver ma bonne Véronique, elle espérait rentrer à St.-
Cyr ; mais toutes les supplications, les soumissions à sa supérieure ne firent aucun effet ; cette dame était toujours domi-
née par la volonté de son directeur. Je fis moi-même et fis
faire des démarches par des dames très-qualifiées, nous ne
pûmes pas même réussir à faire augmenter la malheureuse
pension alimentaire qu'on avait fixée à 400 fr. Long-temps
le désintéressement de la supérieure de Saint-Joseph avait pu
rendre cette pension suffisante ; mais il était impossible de
pourvoir au renouvellement des hardes de cette bonne
sœur.

Je priai un monsieur d'un caractère respectable et d'un nom des plus recommandables, de faire une démarche auprès de l'abbé de Quélen, qui était alors attaché à la grande aumônerie, mais qui conservait toujours son autorité spirituelle sur la prieure de Saint-Cyr; il répondit à ce monsieur qu'il était surchargé d'affaires qui ne lui permettaient pas de s'occuper de la réclamation de cette sœur. Ce monsieur fit valoir les longs services de la pétitionnaire, les cruelles privations qu'elle éprouvait, l'état de maladie où elle se trouvait, rien ne put l'émouvoir; les yeux fixés sur le parquet, il ne fit que cette réponse évasive et froide : « Elle viendra à » son tour. — Mais, lui observa le solliciteur, le besoin de » vivre ne s'ajourne pas ; quand viendra ce tour? — Je n'en » sais rien » fut la dernière réponse de ce cœur de glace.

Voyant que nos démarches étaient toutes infructueuses, nous forçâmes cette bonne Véronique à accepter ce que ses plus majeurs besoins réclamaient ; ses vomissemens de sang l'avaient reprise avec une violence extrême : elle eut cependant le courage d'aller une fois au château, où était alors la commission de l'aumônerie. Elle réclama avec véhémence les secours que son caractère de religieuse et ses besoins nécessitaient. M. de Quélen la repoussa avec violence. Cette pauvre sœur fut bientôt inondée du sang qui sortait par torrent de sa poitrine. Le cruel prêtre ne s'en émut point, et il referma sur elle la porte de son bureau avec violence.

Voilà l'homme que les hautes dignités de l'Eglise ont porté à l'archevêché ; voilà la main sacrilège qui a osé profaner les reliques d'un saint François-de-Paule, en y appliquant son affreux contact. Etait-ce pour faire croire aux fidèles qu'il avait quelque rapport de caractère avec le saint prélat? Mais personne ne s'est laissé prendre à ses fastueuses démonstrations ; et si le véritable saint, l'homme de bien, qui a un temple vivant dans chacun de nos cœurs avait pu être consulté, il lui aurait dit : prêtre de Baal, donnez du pain à cette malheureuse mère, qui depuis trois mois assiége votre somptueux palais pour y mendier des secours urgens que vous lui refusez. Soulagez ce vieil octogénaire qui se place sur votre passage pour frapper vos regards, par les affreux lambeaux

qui couvrent à peine sa nudité ; secourez ce petit orphelin
de huit ans, qui n'a d'autre asile que le seuil des portes, et
d'autre lit qu'un humide pavé, et de nourriture, que les
croûtes dures e'tsales qu'on lui donne à la porte d'un restau-
rant ; non, non, vous n'êtes pas le prêtre du Seigneur, vous
dont l'âme froide ne sait s'émouvoir qu'en faveur des jésuites,
des congréganistes, ou des femmes perdues, imitez mes
vertus et n'insultez pas mes reliques en les entourant d'un
luxe qui me fût étranger pendant ma modeste mais immor-
telle carrière.

Voilà ce que dirait à votre Éminence, ce saint dont les
vertus sont la critique la plus amère de votre conduite, ah !
celui-là ne courrait pas des bras d'une Laïs effrontée au pied
du sanctuaire ; celui-là ne se couvrait pas de superbes oripeaux,
pour se donner plutôt l'air d'un roi de théâtre que d'un mi-
nistre du Seigneur. Ce n'est pas dans les coulisses de l'Opéra
qu'il passait les soirées ; la nuit, le jour, à toute heure par
un vent terrible et destructeur, on le voit avec une robe de
bure, un bâton blanc à la main, gravir des chemins escarpés
pour arriver à la cabane du pauvre pâtre, qu'il vient récon-
cilier avec son Dieu ou avec la vie.

Il n'avait ni laquais, ni brillans équipages ; il ne reposait
pas mollement sur l'édredon le plus fin ; il ne prêchait pas
au monarque l'asservissement des peuples ; les affaires tem-
porelles lui étaient étrangères ; il n'appelait pas une armée
de parasites italiens pour leur faire dévorer la subsistance des
nations ; il ne formait ni congrégations conspiratrices, ni
réunions de jésuites régicides et parjures ; il n'enfouissait pas
d'immenses trésors pour solder les séides d'une sainte ligue,
et il ne promettait pas au roi de nouvelles conquêtes lorsqu'il avait remporté la seule que la guerre lui permit d'es-
pérer. Qu'en pense Votre Éminence ? croit-elle maintenant
que nous n'avons pas compris le sens de vos funestes paroles,
lorsqu'après avoir félicité Charles X de la conquête d'Alger,
vous lui en promettiez une autre prochaine et immédiate.

Saint homme, les lettres closes à nos bons députés n'a-
vaient-elles pas le même motif qui fit appeler au nom d'Hen-
ri IV toute la noblesse protestante ; tous les libéraux n'é-

taient-ils pas à vos yeux des impies bons à faire un auto-da-fé
et ne comptiez-vous pas, pour l'exécution de vos saintes ri-
gueurs, sur l'armée de fanatiques que vous gorgiez de richesses, tandis que le bon pauvre ne recevait pas un verre
d'eau par vos ordres?

Fuyez, homme impie, éloignez-vous d'un sol dont votre
présence empoisonne l'air! Vous êtes indigne du ministère
dont vous êtes revêtu; allez finir vos jours dans la pénitence
et le cloître, et rendez grâces à la générosité de la patrie,
qui a cessé d'être la vôtre, et qui repousse l'idée de se salir
de votre sang corrompu!

Mais où m'emporte mon indignation?... Véronique, infortunée Véronique!... Je ne revins à Paris qu'au moment où
des vierges saintes te portaient à ta dernière demeure; là je
rencontrai ton cercueil couvert du drap mortuaire, symbole
de ta virginité et de la pureté de ta belle âme; repose en
paix, créature angélique; attends-moi dans le séjour céleste
que tu habites; reçois encore cette larme qui échappe à l'a-
mitié. Je t'ai vengée, tardivement à la vérité, mais quelle
main eût osé tracer ce tableau rapide sous les chaines ac-
cablantes qui naguère nous retenaient captifs!...

M. B.

IMPRIMERIE DE CHAIGNIEAU FILS AÎNÉ,

RUE DE LA MONNAIE, N. 11.